AF460291

CORPS D'ESPAGNE

Le Régiment

Schmidt

A. Calbet

PARIS

LIBRAIRIE ...

21, Quai Malaquais, 21

MDCCCXCVIII

« Il faut que le "Lotus alba"
« soit un bijou littéraire, la perle
« fine entre les perles, sertie dans
« l'or vierge et parée des diamants
« que l'art lui prodiguera. »

E. G.

(Le Carillon illustré
du 15 septembre 1897)

"Lotus Alba"

A M DAVID PRAIN

au

SAVANT NATURALISTE

du *Royal Botanic Garden* de Shibpur

à Calcutta

Je dédie ces " Lotus Alba "
en souvenir de ceux qu'il a cueillis
pour moi sur les eaux
du Gange sacré.

E. G.

Le Régiment

"*Collection Lotus Alba*"

GEORGES D'ESPARBÈS

Le Régiment

Illustrations de A. Calbet

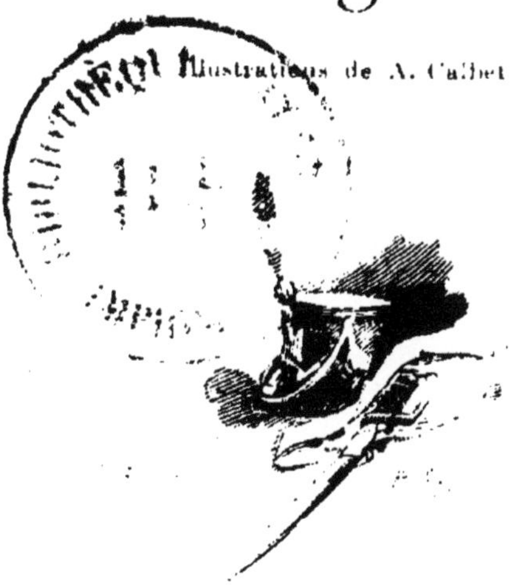

PARIS

LIBRAIRIE BOREL

21, Quai Malaquais, 21

M DCCC XCVIII

IL A ÉTÉ TIRÉ DE CET OUVRAGE

50 exemplaires numérotés, sur papier du *Japon ;* 50 exemplaires numérotés sur papier de *Chine.*

Tous ces exemplaires sont signés et parafés par l'Éditeur.

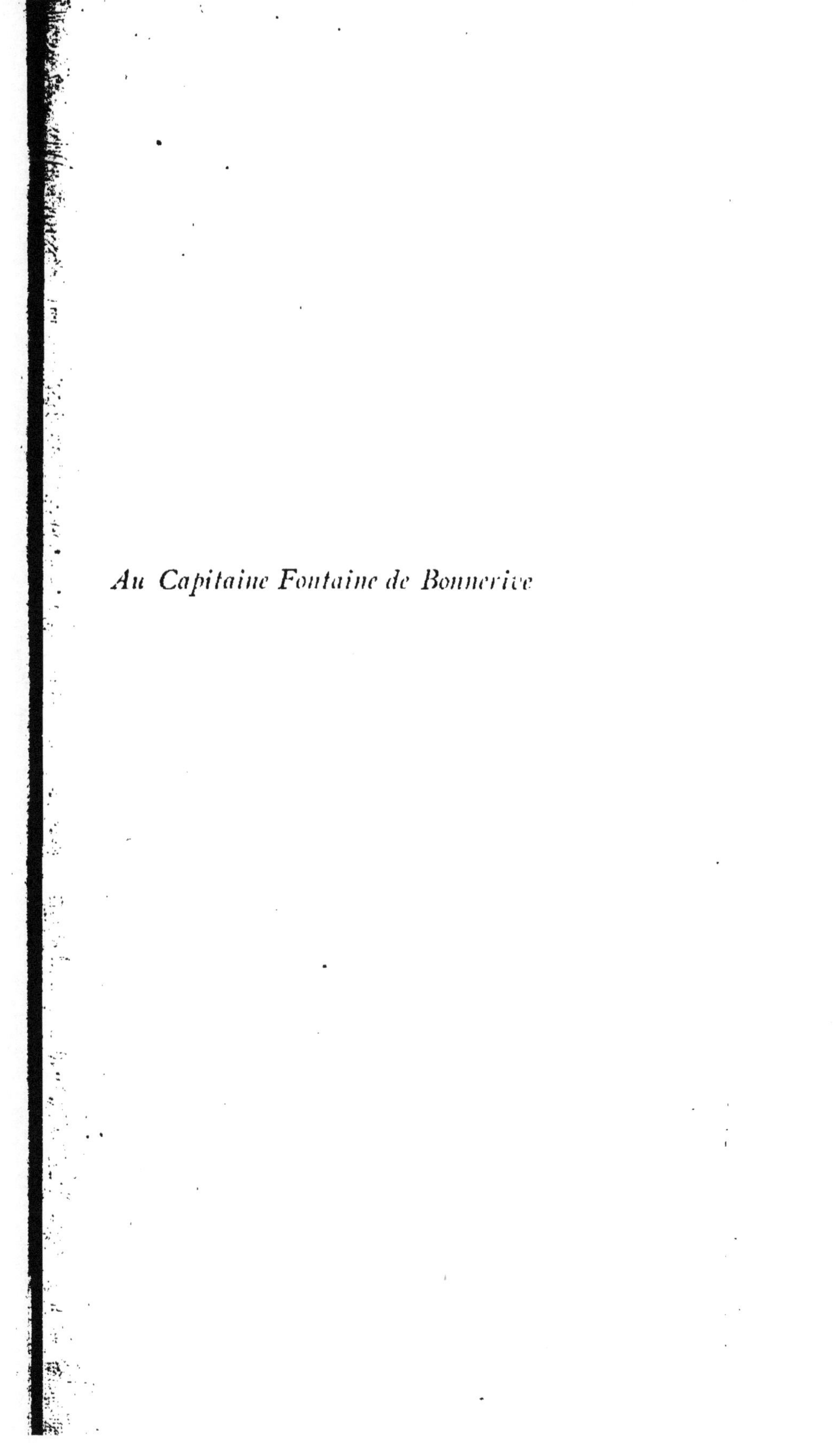

Au Capitaine Fontaine de Bonnerive

Le Régiment

Préface

J'ai placé un prêtre dans ce récit.

Obligé par les circonstances d'assister à un engagement meurtrier, son patriotisme lui met aux lèvres des exhortations belliqueuses qu'il tire des livres saints. Un avertissement m'a semblé ici nécessaire pour apaiser quelques lecteurs orthodoxes. Cet ecclésiastique moderne qui élève l'hostie sur les troupes impériales, ressemble naturellement aux Grands-Prêtres qui devaient, sans une défaillance, garder hauts leurs bras sur le « tumulte », sous peine de voir faiblir au loin leurs compagnons d'armes. De ces vieux pontifes de la Bible à l'évangélique curé dont il est question dans ce récit, il n'y a qu'une différence d'époque.

G. D'ESPARBÈS

Le Régiment

Au moment où l'Armée franchit le ravin de Commantray, l'infanterie à la gauche, en colonnes de bataillon ; la cavalerie à la droite, un échelon en ligne, et l'autre en colonnes de régiment, les douze cents cosaques de Seslavine envoyés la veille pour battre l'estrade sur Pleurs accoururent avec des flèches, au triple train de leurs juments de l'Oural, horribles, tellement lancés qu'ils étaient hors selle, et tombèrent sur notre flanc !

Ce fut le coup de la fin. L'épouvante de la mort empoigna la tête de l'armée, boucla sa voix d'un caveçon de folie ; et jetant leurs sacs, abandonnant les équipages, les drapeaux, les canons, deux mille soldats s'enfuirent. Une minute, en plaine, se déroulèrent les galops. Par delà la Fère-Champenoise, ce fut un grondement, le sauve-qui-peut d'un écho, puis la solitude, l'ennemi se reformant ailleurs, et enfin le silence, le vague souvenir d'une honte, — l'horizon nu...

Ils coururent ainsi pendant une heure. Les cuirassiers, les dragons, les houzards emportés par les chevaux furieux avaient depuis longtemps disparu, mais les hommes d'infanterie, harassés par la retraite, s'étaient laissés choir dans le creux d'un vallon, à trois kilomètres de Sézanne. La nuit allait venir.

Ceux qui avaient encore leurs fusils les avaient posés dans l'herbe sur un pan de leur habit. Sérieux, les coudes aux genoux, un doigt glissé dans leur barbe, ils regardaient le soir gagner les plateaux, envahir les bois, l'impérial soleil déchirer sa pourpre, s'en aller au large, s'éteindre en vaincu, abandonner lentement la terre... Un commandant, haché de blessures, accroupi non loin d'eux, fourbissait son sabre et pleurait.

Il était vieux, et laissait lire sur ses mâchoires, sur son cou et son front, tannés en pleine peau, de lointains états de services. Affreux, sanglant de la tête aux pieds, cet homme apparaissait sous ses pleurs aussi terrible qu'entouré de canons, et comme Job à l'agonie interpellant et glorifiant sa hideur, superbe, il semblait si orgueilleux de ses blessures que les lions des martyrs eux-mêmes eussent rentré leurs ongles et reculé devant lui.

A quoi songeait-il ? C'est ce qu'un vieillard qui passait lui demanda.

— A bien mourir, dit le commandant.

Il regarda l'inconnu sans se lever. C'était le curé de Sézanne qui venait de porter le viatique. Et le prêtre était debout, et souriait.

— Mourir ?

Le commandant leva la main ; son geste enveloppa les hommes qui reposaient dans la plaine. Le curé comprit.

Les soldats s'étaient couchés près de leurs armes. Aucun ne bougeait, et jusqu'aux limites du soir on apercevait à fleur d'herbe leur vague troupe étalée. Comme des bêtes, s'offrant à l'air frais venu des bois, ils séchaient leur peau suante en regardant les étoiles, et débraillés, déchirés par les balles et les coups de sabre, tristement ils essayaient de s'endormir.

— La mort... répéta le vieux prêtre, mais je ne vois là que des enfants.

— Bah! dit l'officier, j'avais vingt-trois ans à Jemmapes, et j'ai reçu dix balles dans les côtes.

Ce matin même, je me suis fait peler par les Russes.

Il réfléchit.

— On ne meurt pas avant son tour.

— Oui, dit le prêtre.

Et sa voix tremblante reprit :

— Un paysan vient de m'affirmer que des masses d'ennemis sont aux environs. Un corps de cavalerie doit même passer en cet endroit.

Le commandant leva son sabre, mais ce n'était qu'une habitude, il sourit.

— Qu'ils passent ! Mes hommes depuis trois jours ont quarante lieues dans le ventre, ils se battraient *couchés*.

Comme il regardait la plaine où ses troupes sommeillaient, quelque chose de divin, une sorte de lumière traversa le visage du prêtre qui dit lentement :

— Je reste avec vous.

Le commandant haussa les épaules, mais l'idée qui lui vint le garda muet un instant ; il finit par dire au curé :

— *Monsieur*, vous avez peut-être raison, c'est de la Bretagne que j'ai là, des conscrits à chapelets, des p'tits gas solides, mais qui ne savent rien. Vous pouvez me les réveiller.

Il se dressa tout à fait, fit craquer ses os, et ordonna le ralliement aux tambours.

A cet appel insolite, un frisson houla par les champs; et à gauche, à droite, sur tous les points à la fois, des silhouettes se levèrent. Il y avait des soldats de tous les corps, de tous les régiments, de tous les âges, — grenadiers de l'élite, fusiliers, voltigeurs, nouvelles recrues.

Le commandant les assembla sur un terrain mamelonné, ayant pour état-major le prêtre en cheveux blancs qui portait *Dieu* dans ses mains, — puis il les forma en bataille, les huit compagnies du premier bataillon placées à la droite, les huit du second placées à la gauche, et il compta lui-même les huit toises d'intervalle entre les deux bataillons. Il tria le groupe des officiers, les investit de commandements ainsi que les sous-officiers et caporaux, — les capitaines à la droite de leur compagnie ou peloton, les lieutenants en serre-file à deux pas derrière le centre des secondes sections, et les sous-lieutenants à deux pas derrière le centre des premières sections. Ensuite il plaça les tambours sur deux rangs, à quinze pas derrière le cinquième peloton de leur bataillon, le caporal-tambour à la tête de ceux du deuxième, — et se retourna.

Mais à peine se retournait-il qu'il aperçut le prêtre à genoux. Le vieillard bénissait l'*Aigle*; et voyant cela, un grand silence avait saisi les hommes.

La « garde » fut bientôt

composée. Il restait des caporaux; le commandant, vite, en prit huit, et appelant le plus vieux des sergents-majors il lui confia le drapeau. Le curé se leva :

— Où dois-je me placer?

Comme cette question embarrassait le commandant :

— Avez-vous des chariots?

— Oui, des fourgons.

— Faites-en venir un, je monterai dessus; il faut que je voie mes enfants.

— Vous êtes mort, dit brusquement l'officier.

A ce moment une rumeur lointaine glissa dans l'air...

Le prêtre n'écoutait plus. Un homme alla chercher un caisson, et prenant l'âne par la bride le mena au milieu des troupes. Le vieillard monta. Devant lui et derrière lui remuaient des masses d'hommes...

— Je crois que c'est « sonné », dit le commandant.

Il sauta à cheval, courut à l'intervalle des bataillons, put voir l'ennemi qui s'approchait. Alors dardant son sabre :

— Garde à vous !

Le régiment s'immobilisa. L'ennemi, au loin, poussait sa ligne. La formation en bataille des Français étant parallèle à celle des Russes, le commandant qui voulait commencer l'attaque enleva ses hommes :

— Échelons par demi-bataillon à vingt pas !

Les officiers répétèrent ; puis la même voix, soudain :

— En avant par la droite, formez les échelons !

Et un capitaine reprit :

— Compagnies en avant, Marche !

Quatre compagnies partirent. Tous ces hommes connaissaient la blague ; on devait mourir ce soir-là.

Contrairement à la théorie, on avait placé le drapeau en tête, et l'échelon s'en allait droit aux Russes, dominé par l'Aigle furieuse qu'il emportait avec lui. Quand il eut fait ses vingt pas, le deuxième se mit en marche, vingt pas après le troisième, puis le quatrième. Seize compagnies se trouvèrent ainsi en route, alignées à la corde; et le commandant bien en selle épilait sa dure moustache, lorsque tout à coup, lancée de Là-Haut, précipitée comme le tonnerre des cieux, une *Voix* surgit, plana, s'éploya en nuage et fondit sur les deux mille hommes! Elle entrait dans les rangs, véhémente, fière et funèbre, empoignait les cœurs, s'arrêtait, s'élançait encore, et de nouveau ailée, entremêlant sa Parole au choc des armes, mitraillait les troupes de prophéties! C'était le vieillard qui, de sa voiture conduite par un tambour, dominant de toute la taille le champ de blé des baïonnettes, proclamait déjà le combat :

« Malheur à ceux de
« France (1) qui descendent
« en France pour avoir

(1) *Les Français émigrés.*

« du secours, qui s'appuient
« sur les chevaux et mettent
« leur confiance dans leurs
« chars quand ils sont en
« grand nombre, dans leurs
« gens de cheval quand ils
« sont puissants, et qui
« n'ont pas regardé la
« France, et qui n'ont pas
« recherché l'Empereur ! »

Toutes les têtes se tournèrent... On vit le prêtre qui de ses mains levées tendait la Sainte-Eucharistie. — Les Russes n'étaient qu'à cinq cents mètres. Le commandant fit arrêter le premier échelon :

— Garde à vous pour charger vos armes,

Chargez vos armes !

Et le prêtre clama encore :

« Il est arrivé à la France
« que les plus belles vallées
« ont été remplies de cha-
« riots, et les cavaliers se
« sont tous rangés en ba-
« taille contre sa porte ;
« mais ces multitudes seront
« comme la poudre menue,
« les hommes seront comme
« la balle qui passe... »

— Feu de peloton,

Commencez le feu !

A ce commandement, les officiers se portèrent contre

leurs pelotons, et les sous-officiers de remplacement reculèrent vis-à-vis de leurs créneaux :

— Peloton,

Armes !

Joue...

Feu !

La décharge française croisa les bombes russes.

— Oblique à droite !

Le deuxième échelon qui arrivait s'aligna dans le tumulte sur la gauche du premier, et on entendit le vieillard qui hurlait, droit comme un fantôme sur son caisson :

« Ainsi m'a dit l'Eternel :
« Comme le lionceau rugit
« sur sa proie, et quoiqu'on
« appelle contre la France
« un grand nombre de
« guerriers, il n'a pas eu
« peur et fera crouler ses
« cieux ! »

Les ennemis se déployaient.

— Peloton,

Armes !

Joue...

Feu !

Chargez !

Il en venait, il en venait encore et encore, de tous les côtés à la fois, en masse, au pas, au galop, — et de lourds sabres clairs viraient aux poings des officiers.

— Feu de deux rangs !

Peloton,

Armes !

Commencez le feu !

Il commença par la file de droite des pelotons ; les files suivantes ne mettaient en joue que lorsque les files qui venaient de tirer amorçaient, et ainsi de suite jusqu'à la gauche. Les grenadiers manœuvraient comme en leurs dépôts, froids et tranquilles, éclaboussés par les voisins qui tombaient. La progression de ces tirs avait allumé la ligne. Flammes et clameurs! Dans les grandes fumées les hommes apparaissaient vêtus à l'anglaise par la bataille, rouges des talons au front ; et tirant et chargeant, ils écoutaient gronder le prêtre :

« Soldats, une vision ter-
« rible m'a été révélée... »

— Peloton,
Armes!
Continuez le feu!

Le curé s'avança. Debout sur la voiture, effrayant d'ardeur, il dressait ses bras dans les balles :

« Le perfide est perfide,

« mais l'Eternel combat pour « vous ! Les multitudes qui « s'élèvent devant vos rangs « comme le tourbillon du « nord disparaitront ainsi « qu'un songe de nuit. « Hélamites, Mèdes, sol- « dats, délivrez la France, « car partout où passera « la verge divine, on enten- « dra les tambours ! »

A ce moment, les officiers firent recommencer le feu du premier échelon :

— Demi-bataillon de droite,

Armes !

Joue...

Feu !

Plus vite, sacrés tonnerres! Chargez!

Les balles russes traversaient le régiment comme des serpes, lui tranchaient à la tête, aux flancs, de pleines grappes de grenadiers. On s'avançait par bonds de vingt mètres, et déjà le troisième échelon s'alignait sur le prolongement du deuxième, lorsque tout à coup, surgie des bois environnants, une masse vertigineuse de cavaliers galopa contre les Français. Le prêtre les aperçut le premier :

« Seigneur! Seigneur!

....

« J'entends éclater le puits
« de l'abime, et des nuées
« d'hommes nouveaux sortir
« de son ombre... »

— Feu à volonté!

Le quatrième échelon, au pas de course, compléta la ligne, et tous ensemble les fusils firent feu!

« ... Ils ont des juments
« de combat; leurs cheve-
« lures sont des chevelures
« de femmes, et leurs
« dents comme des dents de
« tigres! »

Une clameur troua le régiment :

— Voilà les Cosaques! Lancés à toute course, il en venait, il en venait encore et toujours, et les hourrahs de leurs gosiers chargeaient le vent!

« Seigneur! Seigneur!
« J'en vois d'autres qui ont
« des cuirasses de fer, et le
« bruit de leurs ailes est
« comme un bruit de chars
« à plusieurs bœufs qui
« vont au combat! »

Des ordres solides qui mataient le tumulte s'envolaient des rangs :

— Feu! feu!... criaient les capitaines.

La voix du prêtre et celles des chefs s'entremêlaient confuses aux claques du brasier, aux sifflets des balles. Mille shakos dressés demeuraient encore droits ; et sous les psaumes, à travers les flammes que le vent fripait, tordait et souffletait comme de rouges drapeaux, marchait en parade, s'avançait de plus en plus fier le régiment taciturne.

Les hommes ne parlaient pas, ne criaient pas, ne pensaient pas, chassaient en arrière à coups de jarrets les camarades blessés, tiraient comme au champ de cible, et entre deux coups gagnaient un pied de terrain, de quoi élargir leur tombe. Lorsque les Cosaques furent en vue, le commandant se haussa, mesura le pré où crevait sa troupe, et froid, aussi calme en selle que sur l'escabeau d'une auberge, ordonna la « charge précipitée », puis la « charge à volonté ». Il pouvait sans imprévoyance commander cet incendie ; les hommes n'ayant plus d'espoir étaient en train de vendre leur peau.

Ils la vendaient cher, car à la première décharge trois pelotons des sauvages de Karpow — *Pachli !*

Pachli ! — qui arrivaient en fourrageurs s'étalèrent à cinquante pas des fusils, morts, sur leurs chevaux morts, dans le charnier des morts. Au sommet de sa voiture, le prêtre se cala comme un dogue :

« Seigneur ! voilà une
« épouvante passée, en
« voilà deux autres qui
« viennent... »

C'étaient les dragons, les houzards de Wassilitchikoff, deux mille hommes. Horrifié, le prêtre encore enfla son cri :

« Sang ! Sang ! Ils ont

« des manteaux couleur de
« feu, d'hyacinthe et de
« soufre ; les têtes de leurs
« juments sont comme des
« têtes de lions, et il sort
« de leurs bouches de la
« fumée, du tonnerre ! »

— Feu de rang par compagnie !

Le commandant qui écoutait le prêtre lui fit un signe ; il semblait dire : « Homme de peu de foi, courage... » Et sous cet œil pesant, l'espoir de la bataille ressaisit le vieillard qui clama encore :

« Enfants ! Vos ennemis

« seront éperdus ; les dé-
« tresses, les douleurs les
« saisiront ; chacun regar-
« dera son prochain, et
« leurs visages seront en-
« flammés ! »

— Plus vite ! plus vite ! criaient les officiers, augmentez, multipliez le feu !

Il fallait se mettre en garde contre la cavalerie, car la retraite en échiquier n'était plus possible ; les commandants de compagnie levèrent leurs sabres :

— Ralliement !

Les hommes accoururent en masse devant leurs capitaines, et d'instinct reprirent l'ancienne formation.

— Compagnie,

Armes!

Les trois rangs apprêtèrent leurs armes et croisèrent la baïonnette. Les hommes du troisième se fendirent de la partie gauche et portèrent le corps en avant; leurs armes dépassaient le premier rang.

— Troisième rang,

Joue...

Feu!

Et d'autres voix, successives :

— Deuxième rang,

Joue...

Feu !

Le prêtre fit porter sa voiture au-devant des lances, dans le désordre :

« Mon cœur est agité çà
« et là. Je frémis de déses-
« poir et d'enthousiasme,
« et on m'a rendu cher le
« caveau de ma mort... »

— Troisième rang,
Joue...
Feu !

« Voici ! Voici ! Il n'y a
« que joie et qu'allégresse !
« On tue ! On égorge ! On
« taille de la chair, on boit
« dans des coupes de sang,

« et on dit : Mangeons et « buvons car nous mour- « rons demain ! »

Tout à coup les tambours, les tambours, les tambours battirent !

— Régiment en avant,

Pas de charge,

Marche !

La ligne s'ébranla. Les trois rangs s'avancèrent, précipités, farouches, comme trois murailles en marche. Les serre-file, sans ordre, appuyèrent sur le troisième rang pour en former un quatrième, — foıce et profondeur, — et tout cela entra dans les chevaux et les hommes, escorté du vieillard dont la voix dominatrice, toujours agressive, s'élançait magnifiquement au large vers l'armée alliée :

« L'envahisseur est un
« fourneau de chaux, et il
« sera brûlé au vif comme
« une épine coupée ! Enne-
« mis de la France, la fosse,
« le piège et la terreur sont
« sur vous ! »

Désolation ! Aux houzards, aux Cosaques, aux dragons s'étaient joints les cavaliers de Korff. Tous les chemins en vomissaient.

Sur la lisière du bois, chaque feuille abritait une lance et chaque tronc d'arbre un cheval.

Le commandant s'essuya le front :

— Nous sommes foutus, dit-il au prêtre.

Alors le vieillard fit les trois signes : Au nom du Père, et du Fils, au nom de la Parole sainte... Sa grande figure se courba, le voile de la divinité la recouvrit. Sur le drap de la soutane elle s'érigeait comme l'Hostie destinée par Dieu à la communion de ces deux mille hommes. Cette tête, c'était l'holocauste; on la vit chanceler, puis resurgir. Elle eut le courage de crier, de crier encore, mais ce qu'elle disait aux soldats, ce qu'elle clamait d'éternel et de formidable s'évanouit par les chemins désolés :

« Mon Dieu ! mon Dieu !
« L'allégresse a fui du
« champ fertile ; les bondes
« d'en haut sont ouvertes,
« et la terre tremble... »

Carnage ! Mêlée d'où s'envolaient des cliquetis, des appels, des sobriquets de bataille. Une cavalerie informe se culbutant elle-même, rageuse, hérissée de lattes, les serrait de près : Hardi ! A toi ! Tiens ! Les soldats embrochaient la bête, et l'homme démonté mourait éventré. Toute la masse des ennemis se soulevant en vague charogne s'écrasa sur ce qui restait de la France, comme un charroi. D'énormes hommes aux chevelures fumantes, aux yeux flambants repoussés dans le front, se faisaient remarquer par leur mépris des blessures ; on eût dit des morts qui luttaient. Déshabillés par les sabres courbes, rhabillés par leur propre sang, ils riaient encore, et trouvaient des farces de garnison à chaque saut de cosaque ! Stigmatisés par la guerre, ils portaient la marque de l'époque : les rides de bonté, le regard droit comme le chemin d'un boulet, l'inculte moustache des soldats du Brenn. A ce moment surtout leurs véritables âmes se déployaient. Un grenadier déjà vieux, les vêtements couverts d'une poix rouge et pourrie, s'éboula du premier rang, saisit un camarade, et montrant son sac : « Voilà ce qui me reste de cartouches, pars et cribles-en le cul de l'ennemi ! » Un tambour frappait à coups de poing le chirurgien, et furieux, blême, dressé sur son unique jambe, gueulait dans le guêpier des balles : « Fous le camp, plie tes outils, j'suis mort, va sauver les *autres !* » Des dix, trente, cinquante hommes tombaient à chaque décharge. Une fringale de mort avait saisi le régiment.

Tout à coup la plaine ronfla : d'autres cavaliers approchaient...

Alors le commandant s'enleva de selle, la face en loques, les yeux ardents comme deux torches, et ordonna d'une voix rouge les dispositions « contre la cavalerie. » Il aurait dû le faire plus tôt.

— Formez le carré !

A ce moment, les cinq cents hommes qui demeuraient fermes et que la masse des chevaux de Korff tentait d'envahir et de massacrer se ployèrent en colonnes par division, à distance de section, sur la division du centre, la droite en tête. Comme on n'avait pas de canon, les angles du carré se trouvèrent dégarnis de leurs ferrures d'avant-train, et presque tous les grenadiers étant morts, le commandant remplaça ces braves par des hommes qu'il tira du dernier rang des sections intérieures du carré. Au milieu d'eux, le prêtre s'était avancé, tête au drapeau, sur sa voiture, et devant ces soldats *couchés*, son chant se fit plus *bas* :

« Mon Dieu ! Le soleil
« devient noir, et la lune
« devient comme du sang.
« Le bruit de ceux qui se
« réjouissaient est fini, et

« la joie des tambours a
« cessé... »

— Le feu au drapeau ! dit le commandant.

Cet officier, depuis une minute, essayait d'assouplir son crâne à l'idée que seul responsable, supérieur en grade, ayant lui-même conduit les troupes, c'était lui seul qui *tuait* ces deux mille hommes. Ce bolide avait troué son esprit, et quoique toujours à cheval, il était certainement déjà mort... De ses yeux dilatés, ronds d'horreur, inattentif aux houles russes, il regardait la bataille éparpiller sès soldats. Par les sept portes de l'enfer défoncées, d'autres torrents d'hommes avaient surgi, d'immenses vagues de sabres allongeaient au loin l'horizon : les houzards de Pahlen, les hauts cuirassiers de Dépreradowitsch, quelques pelotons de la Garde prussienne, — et il regardait tout cela, sans le voir...

— Fini, mumurait-il, fini, mon régiment est fini...

Sur son piédestal de morts, en selle comme le génie des combats et plus haut que le vieux curé, il dominait les hommes du poitrail de sa monture, de son corps insensible, de sa grande tête sanglante. La force de sa tristesse le tenait debout.

— *Pachli ! Pachli kohl !* hurlaient des voix cosaques lointaines.

Des ennemis, par delà les rangs, venaient buter contre son sabre, et à chacune de ces trouées, des voix plus proches répétaient le cri d'en avant :

— *Pachli ! Kohl ! Pachli ! Kohl !..*

Mais, pitoyable, et de plus en plus abattu, tremblant sur son caisson comme le bouleau des collines, le prêtre seul répondait :

« La Ville de la confu-
« sion est ruine ; toute
« maison est fermée, telle-
« ment que nul n'y entre,
« et la joie est tournée en
« obscurité... »

— Est-ce fait ? cria le commandant.

Une flamme monta au milieu des hommes. On brûlait le drapeau.

Alors le combat reprit une autre vigueur. Dans l'orage qui éclatait sur leurs têtes, les soldats se dégluaient du feu et des fumées, par sections entières, mais au bout d'un instant la multitude les culbutait, les décortiquait, et hachés, débraillés, déchiquetés, ils tombaient à terre comme le bran s'envole d'entre les talons du scieur. Derrière eux geignaient les infirmes. A plat ventre, solides sur leurs coudes, ils chargeaient l'ennemi d'injures, et pleins de baves, s'égosillant à force de haine, tranchaient les jarrets des chevaux, rampaient dans le soufre, délicotés de leurs fusils,

comme si leurs tripes trop lourdes écrasaient leurs jambes. A cette heure suprême où le régiment se voyait mourir, aucun homme n'était inutile, et le long des bêtes cosaques on voyait par instants se dresser des moignons pourpres, d'affreuses mâchoires plonger dans des flans d'hommes, et les bras se lever, s'abattre, se relever, retomber, s'élancer encore ! Une joie de meurtre avait succédé à l'enthousiasme de la bataille, et là-bas, lancés à pleines brides contre eux, d'autres, d'autres ennemis accouraient, deux escadrons des cuirassiers autrichiens de Nostitz, et les chevaliers-gardes avec le grand-duc Constantin. Les chaluts du soir s'entr'ouvant toujours, ces hordes furieuses dégringolaient dans la plaine en trombes. Le commandant redevenu tranquille comme un pan de bois depuis la *fin* du drapeau regardait cette boucherie, et tout suant du sang de ses hommes, attendait la prochaine balle, quand, près de lui, mélancolique et lamentable, une plainte, quelque chose comme le chuchotement d'un mur-

mure s'éleva du champ des morts :

« Les chemins sont « réduits en désolation ; « les passants ne passe- « ront plus par ces sen- « tiers ; l'Eternel a rompu « l'alliance, il ne fait aucun « cas des hommes... »

Car le prêtre à présent devinait l'issue du combat. Sa prière guerrière avait été l'espérance, puis l'exhortation au courage, et enfin le sanglot du gouffre, le cri désespéré des vaincus qui en appellent à Dieu. Il n'avait aucune plaie, miracle ! Et allongé dans sa soutane, les bras ouverts sur le groupe toujours debout qui de plus en plus fondait aux flammes, il continuait à se lamenter près du farouche commandant :

« ... Les étoiles du ciel
« tombent sur la terre... »

Peu à peu les fusils se turent. Une masse d'hommes n'avait plus de cartouches.

— *Pachli ! Pachli !* s'égorgeaient les ardents Cosaques.

Il restait cent hommes environ. Le carré s'était fait petit. Il occupait dans la plaine l'espace d'un mouchoir rouge. Le commandant sembla se réveiller.

— Quelqu'un d'entre vous! cria-t-il d'une voix forte, quelqu'un d'entre vous a-t-il son père? a-t-il sa mère ou des sœurs?

Rien ne répondit au commandant que la huée des balles. Il cria de nouveau :

— Camarades, quelqu'un a-t-il sa famille? Que celui

qui soutient sa mère quitte les rangs.

Les soldats ne bougèrent pas. Sans avoir l'air de comprendre, il tournaient le dos à leur officier, tiraient, rechargeaient, enlevaient leurs bras, bourraient dans les fumées. Alors le commandant se baissa, et poignant un homme par ses buffleteries :

— Ton nom ?

— Roemer.

— Pays ?

— De la Lorraine.

— As-tu ta mère ?

— Oui, mon commandant.

— Quel âge ?

Le soldat comprit :

— La fois-là, inutile, l'est p't'être bien morte en ce moment ; c'est une vieille.

— Tu voudrais la revoir...

L'homme ne répondit pas. Une balle enleva le shako du commandant.

— Est-ce que tu voudrais la revoir ?

Autre silence.

— Roëmer, tu vas revoir ta mère : ta mère n'est pas morte.

Le soldat recula.

— Je veux me battre.

L'officier tira un de ses

pistolets et le posa contre le front du soldat.

— Quitte ce fusil.

— Roëmer le laissa tomber, et le commandant descendit.

— Monte à cheval.

Roëmer monta en pleurant. Il promenait ses regards de la gauche à la droite du champ de bataille, et regardait ceux qui étaient morts qu'il avait vus vivants, et ceux qui étaient vivants qui seraient bientôt morts. Le commandant prit une courroie, l'attacha par les flancs et les cuisses à l'encolure et à la selle du cheval.

Puis il prit l'Aigle, et la tendit à Roëmer :

— Ecoute, et répète-moi ce que je vais dire. Tu vas aller trouver l'Empereur, par ce chemin-là, au milieu des Russes ; il y a du danger.

— Je vais aller trouver l'*Empereur*, dit Roëmer.

Il leva le bras.

— ... Par ce chemin-là, au milieu des Russes.

— Tu demanderas à lui parler, et tu lui diras : Sire...

— Je demanderai à lui parler, récita Roëmer, et je lui dirai : Sire...

— Voici, dit le tremblant commandant, l'Aigle de deux mille soldats français que vingt mille ennemis ont attaqués.

— Voici, dit Roëmer, voici l'Aigle de deux mille soldats français que vingt mille ennemis ont attaqués.

— Tu diras encore : Vive la France! et tu demanderas à l'Empereur un congé pour aller voir ta mère.

— Je dirai encore : Vive la France! répéta Roëmer, et je demanderai à l'Empereur...

Il se tut et voulut partir; le vieux curé monta sur les morts et l'embrassa. On mit l'Aigle dans un sac

BOILEAU

on pendit le sac au pommeau de la selle ; un coup d'éperon enleva la bête affolée sous l'homme en larmes, — et comme une trombe, tous deux s'enfoncèrent en avant. Ce fut une vision dans le feu.

— Vos armes ! criaient les officiers russes.

Une charge d'Autrichiens culbuta vingt Français, une décharge en abattit trente. Le prêtre lança vers eux sa voix lugubre :

« Les braves tombent sur
« la terre comme le figuier
« agité par un grand vent

« jette çà et là ses figues
« vertes... »

Un orage de balles s'écrasa autour du curé. Dix hommes s'affalèrent.

Les quarante soldats qui restaient n'ayant plus de munitions croisèrent la baïonnette. Un feu de compagnie en jeta quinze par terre; les autres, baissés, prirent leurs gibernes.

Des chevaux revenaient contre eux, neuf grenadiers tombèrent sous les sabres.

« L'armée de l'Eternel
« s'est fondue... »

Le prêtre gémissant baissa le front. A côté de lui un groupe d'hommes s'écroula. Ils se battaient sans voir ; dix furent épargnés.

— Vos armes ! Vos armes ! hurlait de tous côtés la nuit.

Le vieillard et l'officier se regardèrent. Le prêtre même, malgré sa bonté, haussa les épaules, las... Des masses de rêve, artillerie et cavalerie, s'agitaient en cercle autour des neuf combattants. Elles ne voulaient pas faire feu, et confusément immobiles, pétrifiées d'admiration, vêtues de ténèbres, elles exhalaient le silence... Une compagnie de grenadiers russes tirait seule sur les Français, au visé, sans hâte ; et six mille voix violentes qui s'échevelaient hors de l'ombre clamaient au raide commandant :

— Vos armes ! Vos armes ! Vos armes !

Dos à dos, leurs fusils à la hanche, les dix hommes attendaient la *fin*, dix hommes, dont sept vieux, trois conscrits. Alors quelques balles s'enfoncèrent dans le tas, trois anciens tombèrent ; et le prêtre effrayant sous sa robe « rouge » dit encore :

« Seigneur, quelle épou-
« vante ! Les cieux ont re-
« culé, ils se sont mis en
« rouleau comme un livre. »

Un coup de feu, il tomba.

Le commandant, blême, tendit ses mains désarmées :

— Mon tour !

Une balle le coucha. Des deux mille hommes, il en restait sept.

Bientôt ils demeurèrent six..., cinq.

....

Une autre balle en laissa quatre,

ensuite trois,

puis deux.

L'un cria : Vive l'Emp...

Il resta l'autre,

... et...

Inquiet, désabusé, le front dans une main et tapotant ses bottes de coups d'épée, Napoléon songeait sous la tente, près de Claye, lorsqu'on vint l'avertir qu'un homme demandait à lui parler.

— Faites-le venir.

L'homme se présenta, boueux, rouge. On l'avait délié de sa selle et on le soutenait en le poussant; c'était Roëmer.

— Que me veux-tu? fit Napoléon.

L'homme ne répondit pas. Debout, il tendait un paquet et regardait le fond des yeux de l'Empereur, planté dans ses grandes guêtres, immobile.

— Que me veux-tu? répéta Napoléon.

Subitement il vit le paquet ; et lorsqu'il retira l'Aigle du sac, les yeux du grenadier se fermèrent...

— Un brave, dit l'Empereur.

Son visage blanc se leva sur le soldat :

— Que demandes-tu?

Mais l'homme gardait ses paupières fermées. Il avait du sang dans le cou, et ne parlait pas.

— Tu es blessé?

Curieux, Napoléon vint au soldat et de la pointe de l'index lui toucha le corps. Cela suffit, l'homme tomba.

Ainsi les soldats meurent.

C'était le *dernier*.

IMPRIMERIE BOREL

Paris. — 110, avenue d'Orléans.

www.ingramcontent.com/pod-product-compliance
Ingram Content Group UK Ltd.
Pitfield, Milton Keynes, MK11 3LW, UK
UKHW020332180726
13839UKWH00002B/676